KB264346
120

2022년 3월 25일 초판 1쇄 발행 | 2026년 2월 15일 초판 12쇄 발행

발행인 최종일 **발행처** (주)아이코닉스 **기획** 키즈아이콘 **판면구성** (주)비욘드에이
총괄책임 서현수 **편집책임** 박정은 **편집** 장보원 조윤수 김예진 이유진
디자인 김미선 이순영 권혜원 경희정 **사진협찬** 우리특장 광림 **제작책임** 신초희 **제작관리** 이수란 김미래 김세미
마케팅책임 김미경 **마케팅** 이창열 서연지 심동수 이경재 이미나 지승한 송호성 이지연
출판등록 2008년 11월 4일(제 2014-000009호) **주소** 경기도 성남시 분당구 판교로 255번길 64
고객센터 1566-0855 **홈페이지** www.iconix.co.kr
꼬마버스 타요 ⓒICONIX/EBS/SEOUL

긴급출동
꼬마 소방차 타요

키즈아이콘

차고지에 모인 꼬마 버스들이 이야기를 나누고 있어요.
"프랭크는 대단해! 화재가 발생하면 어디든 달려가서 사람들을 구하잖아."
타요는 오늘 도로에서 만난 소방차 프랭크를 떠올렸어요.

"나도 프랭크 같은 소방차가 되고 싶다!"
프랭크의 멋진 모습을 부러워하는 타요에게 가니가 말했어요.
"타요, 내일 긴급출동센터에서 소방 훈련을 한다는데, 한번 가 보는 게 어때?"

"소방 훈련? 정말 재미있겠다!"
타요는 멋지게 불을 끄는
자신의 모습을 상상했어요.

이때 로기가 타요를 놀리며 말했어요.
"에이, 타요가 어떻게 불을 꺼! 그런 거라면 내가 훨씬 잘할걸?"
"뭐라고? 내가 더 잘할 수 있거든!"

타요와 로기가 티격태격하자, 보다 못한 라니가 말했어요.
"그럼 둘이 같이 가서 해 보면 되잖아."

다음 날, 타요와 로기는 함께 긴급출동센터로 갔어요.
소방차 프랭크와 구조 대원 제이가 반갑게 맞이해 주었어요.
"안녕, 얘들아! 오늘 하루 소방차가 될 준비는 됐니?"
"물론이죠! 맡겨만 주세요!"

"그럼 먼저 훈련에 필요한 장비부터 장착해 볼까?"
신이 난 타요와 로기는 앞다투어 차고에 들어갔어요.
"소방차로 변신!"

"푸하하, 타요!
꼭 기다란 더듬이를
달고 있는 것 같아!"
"뭐? 로기 너는
거북이 같거든?"

"생김새가 다를 뿐, 모두 프랭크처럼
화재 현장에서 중요한 역할을 하는 소방차야."
서로를 놀리는 타요와 로기에게 제이가 설명했어요.
"그럼 이제 훈련을 시작해 보자."

타요와 로기는 불 끄기 연습을 하는 곳으로 갔어요.
"불을 향해서 힘껏 물을 쏘는 거야. 잘 할 수 있지?"

로기는 불을 빨리 끄고 싶은 마음에
물줄기를 이리저리 흔들었어요.
"로기! 정확하게 물을 쏴야 불을 완전히 끌 수 있어."

다음은 높은 건물에서 사람을 구조하는 훈련이었어요.
건물로 올라간 제이가 창가에서 손을 흔들며 말했어요.
"내가 내려갈 수 있도록 사다리를 올려 줘!"

타요는 로기보다 더 잘하고 싶어서 급하게 사다리를 길게 뻗었어요.
"타요! 조심조심 행동해야 사람들을 더 안전하게 구할 수 있어."

훈련을 하느라 지친 타요와 로기는
서로를 이기려고만 했던 것을 후회했어요.
"소방차가 되는 게 이렇게 어려운 일인 줄 몰랐어."
"우리 서로 도와서 멋진 소방차가 되자."

그때 긴급출동센터의 사이렌이 울렸어요.
"화재 발생! 화재 발생!"
왱왱
준비됐어!
"긴급 출동이야!"
왱왱
1000
120
저희도 도울게요!

타요와 로기는 프랭크를 따라 사이렌을 울리며 화재 현장으로 향했어요.
그런데 길에 자동차들이 너무 많아서 빨리 갈 수가 없었어요.
"어떡해요, 프랭크. 이러다가 늦겠어요."

“괜찮아. 사이렌 소리를 들으면 모두 곧 양보해 줄 거야.”
타요와 로기는 프랭크를 따라 사이렌을 더 크게 울렸어요.

"불이야! 불이야!"
시내 한복판의 높은 건물에서 불이 활활 타오르고 있었어요.
프랭크는 현장에 도착하자마자 힘차게 물을 쏘았어요.

"불이 더 커지기 전에
어서 진압해야 해!"
프랭크가 쏜 물줄기가
건물의 창문으로 뻗어 갔어요.

하지만 불길이 너무 강해
프랭크의 물줄기가 점점 줄었어요.
"제 물탱크에 연결하면
물을 더 쓸 수 있어요!"
이를 지켜보던 로기가 소리쳤어요.

제이는 로기의 물탱크에
프랭크의 호스를 연결했어요.
"로기 덕분에 불을 마저
끌 수 있겠어."

"아까 훈련받은 대로, 저도 불 끄는 걸 도울게요!"
로기는 프랭크를 도와 건물을 향해 물줄기를 쏘아 올렸어요.

용감한 로기의 모습을 본 타요도
프랭크를 돕고 싶었어요.
'하지만, 또 실수하면 어떡하지……'

그때 두두두두 프로펠러 소리가 들리더니
구조 헬리콥터 에어가 나타났어요.
불길을 피해 건물 옥상으로
대피한 사람들을 구하러 온 것이에요.

그런데 어디선가
애타는 외침이 들려왔어요.
"앗, 아직 사람이 남아 있어!"

창가에서 손을 흔드는 사람들을 발견한 에어는
곤란한 표정으로 말했어요.
"저기는 내가 다가가기 어려운 곳인데, 어떡하지?"
그때 프랭크와 함께 불을 끄던 로기가 타요에게 소리쳤어요.
"타요! 아까 연습한 대로 하면 모두를 구할 수 있을 거야!"

로기의 말에 타요는
용기를 내어 소리쳤어요.
"제가 구조할게요!"
120

타요는 창가 쪽으로
조심조심 굴절사다리를 뻗었어요.
"걱정 마시고 올라타세요!"

저녁이 되어서야 불길이 완전히 꺼졌어요.
덕분에 무사히 건물을 빠져나온 사람들은
고마운 마음을 담아 박수를 쳤어요.
"고마워요, 소방차들!"

"너희들 덕분에 무사히 모두 구할 수 있었어!"
프랭크가 칭찬하자 타요는 뿌듯하게 대답했어요.
"뭘요! 오늘은 우리도 프랭크와 똑같은 소방차인걸요!"

1000
120

제이는 고마움의 표시로 타요와 로기에게 배지를 달아 주었어요.
반짝이는 배지를 본 타요와 로기는 기뻐하며 달려 나갔어요.
"꼬마 소방차, 출동!"

소방차는 화재 현장에서 불을 끄거나 자연 재해 상황의 문제를 해결할 수 있도록 여러 장비와 시설을 갖춘 특수 자동차예요. 불이 났을 때 119로 신고하면 소방차가 출동해요.

소방펌프차

불을 끄는 목적으로 만들어진 대표적인 소방차예요.
소방 펌프, 물탱크, 폼탱크 등 각종 장비를 갖췄어요.

소방차 안에는 무엇이 있나요?

화재 현장에서 필요한 여러 가지 도구가 들어 있어요.